反斗群英

4

難忘的學校旅行

梁望峯

人物介紹

夏桑菊

成績以至品行也普普通通的學生，渴望快些長大。做人多愁善感，但有正義感。

黃予思（乳豬）

個性機靈精明，觀察力強，有種善解人意的智慧。但有點霸道，是個可愛壞蛋。

姜C

超級笨蛋一名，無「惱」之人，但由於這股天生的傻勁，令他每天也活得像一隻開心的猴子。

胡凱兒

個性冷漠，思想複雜，口直心快和見義勇為的性格，令她容易闖出禍來。

孔龍（恐龍）

班中的惡霸，恃着自己高大強壯的身形，總愛欺負同學。

KOL

年紀小小的 youtuber 和 KOL，性格高傲自戀。

呂優

班裏的第一高材生，但個子細小又瘦弱，經常生病。

蔣秋彥（小彥子）

個性溫文善良的高材生，但只有金魚般的七秒記憶，總是冒失大意。

方圓圓

為人樂觀友善，是班中的友誼小姐。胖胖的身形是她最大的煩惱，但又極其愛吃。

曾威峯

十項全能的運動健將，惜學業成績差勁。好勝心極強，個性尖酸刻薄，看不起弱者。

目錄

群英小學

第1章 學校旅行即將舉行

一年一度的學校旅行日，即將在本週五舉行！

週一的小息時分，小三戊班的一群同學：夏桑菊、黃予思、姜C、胡凱兒、孔龍、KOL、呂優、蔣秋彥、曾威峯、方圓圓、

叮蟹等同學，在課室裏熱烈地討論着旅行的事，大家都**表現興奮**。

今年的旅行地點，是元朗某農莊，眾同學忍不住在網上已搜索過有關資料了，發現農莊內設施繁多，既可親親動物，也有很多玩樂設施，令人**目不暇給**。

回想起上兩年的旅行地點，分別是沙田彭福公園和山頂公園，基本上只得一片空地和很多樹木，可謂「四大皆空」。這

次的農場之旅，無疑好玩得多了，讓每個學生也充滿期待。

全班最聰明（也有可能是全宇宙最聰明）的姜C，首先發言：「我人生的第二大志願，就是做一個勤奮的農夫，每天默默耕耘，為每一棵可憐的植物打傘，以免它們被無情的冷雨淋濕！」

夏桑菊忍不住多問握緊拳頭、熱血沸騰的姜C一句：「那麼，請問你人

生中的第一志願，又是做甚麼偉大的事啊？」

姜 C 馬上變臉，露出了一張不可一世的臉，呵呵笑起來：「我人生中的第一志願，當然是做個好食懶飛、盡情浪費地球資源的富二代啦，那還用說的嗎？」

孔武有力的孔龍，只想到**鍛煉體魄**的事：「聽說，農場內有一幅巨大的攀爬網，我一定要好好挑戰一下！這幾天又要積極健身了！」

喜愛做網上 Youtube 節目的 KOL，似乎也想到了好點子，她**摩拳擦掌**地說：「我要在農場內做一場直播，在紫外光超標的郊野，賣防曬用品一定會**銷量長虹**

呢！」

性格極度悲觀又**憤世嫉俗**的男生叮蟹，用激動的語氣說：「我真不明白，學校為何要舉行旅行日，白白浪費了一天寶貴的上學時間？要是課程追不上進度，不就要在週末週日也回校補課了嗎？況且，旅行也可能會出意外！啪一下手指，一千個師生前去，只得五百個折返，不就由旅行日變了送行日嗎？」

大家看着叮蟹，早已習慣了他的偏激言論，見他青筋暴現**喃喃自語**的，也就不理會他了，話題繼續。

運動健將曾威峯，不免要趁機炫耀一下威水史：「很多人以為我只懂得足球、籃球、排球、游水、田徑等等，雖然這也是事實。但其實，我最拿手的一種技能，從沒試過表現出來。這次旅行，我決定表演一下。」

跟曾威峯成了好朋友的女班長蔣秋彥，忍不住笑問：「可不可以預先透露一下啊？」

「哈哈，要保持神秘感啊。」曾威峯用**神秘**的語氣說：「還有四天就是旅行日，大家不就知道了嗎？」

蔣秋彥也不追問，她對大家笑盈盈的

說：「我看到網頁內介紹，農場內應該養着幾頭乳牛。我從未看過真正的牛，今次一定大開眼界啦！」

秋彥的好友方圓圓也興奮起來，緊張的擦着雙手說：「不知我們可不可以親手擠牛奶？那一定很好玩！」

秋彥**瞪大雙眼**，慌慌張張地問：「不好玩的吧？好像有點可怕……會不會擠不出牛奶來？」

姜C說了一句智者的話：「那麼，牠很有可能是一頭公牛，你弄痛牠了。」

全班同學因姜C這個神金句而爆笑了起來，**胖嘟嘟**的方圓圓笑到幾乎忍不住放屁，她連忙跑出課室去了。

夏桑菊看看窗外萬里無雲的長空，巨大的豔陽像要把整個地球煮熟啊，他呼了口氣，簡單地祈求：「我倒是沒甚麼大期望啦，只求旅行日的太陽別太猛烈，讓我們**開心玩一天**就可以了！」

各同學也連連點頭，同意夏桑菊的想法。

對啊，回想小一二時去沙田彭福公園與山頂公園的旅行，雖然已是十一月中旬的深秋時分，照常理都應該涼爽了吧，沒想到連續兩年也是天氣反常，熱得叫人受不了，在無遮無掩的戶外又加幾度。所以，就別說穿毛衣了，在毒辣的陽光下，大家穿短袖衫也熱得快受不了，於是，老半天都躲在樹底下遮蔭，每個人也熱得沒精打采的。

但當午後的陽光稍退，卻又到了大家必須乘搭旅遊巴士回程的時間。總之，連續兩年的旅行日都教人大失所望。

所以，今年去元朗農莊旅行，大家也

寄予厚望，希望一年才有一次的學校旅行，能夠玩得盡興。

第2章 王弟登場

放學後，胡凱兒又走到距離學校十分鐘步程的大商場，隨便坐到美食廣場的一角，拿出了小巧的平板電腦，觀看預錄了的韓國劇集。

旁人看到這個小女生，大概會覺得她悠然自得，享受着課餘的快樂時光。其實，她只是**有苦自知**。

同年紀的女生，大多數也喜愛看卡通片集，她認識的幾個同學，會在放學後即時趕回家，每日準時追看卡通片，但她可沒那種福氣。

——一切只為了她的「王弟」。

胡凱兒出生在一個包香世家……不，這説法沒錯，不是書香世家，而是「包香」世家——父親承傳了祖父開的麵包店，一家人依靠着開設在觀塘一間小小的老店，養活了三代。

父親是個思想傳統的男人，只求家裏會有男丁繼後香燈，所以，母親生下了姐姐後，三年後又追一個，胡凱兒就是這樣誕生了下來。一連兩次心願未遂，父母的失望之情可想而知。

父親特意替她取名「凱兒」，也含有「兒子凱旋而來」的意思。

所以，一年後，當爸媽「三索得男」，順利出世的弟弟胡圖便成了家裏的「王子」，集萬千寵愛於一身。至於，夾在姐姐和弟弟之間的胡凱兒，倒像是多了出來的一個，深受漠視。

剛升上中一的姐姐，幸運地考進了港

島赤柱一家著名的中學，由於校方設有寄宿制度，她現在一星期才回家兩天。本來，由兩姐妹共同照料弟弟的職責，突然全落在她身上了。

　　這就是她為何要呆坐在商場內的原因了。

　　只因，她要負責「護送」小學二年級的胡圖

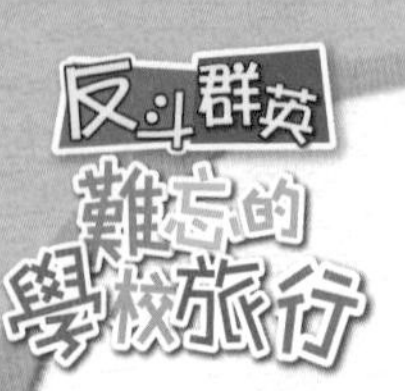

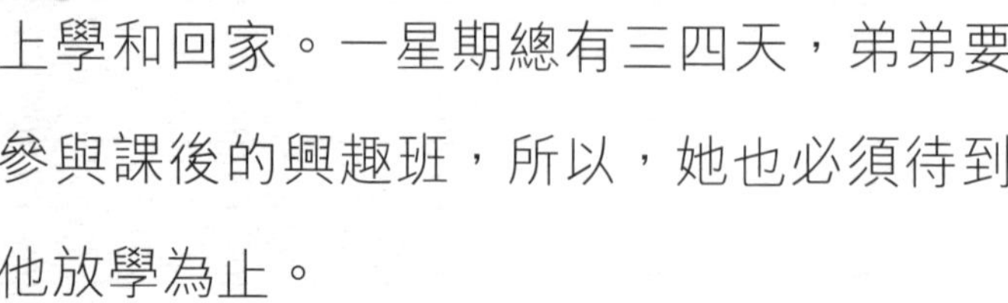

上學和回家。一星期總有三四天，弟弟要參與課後的興趣班，所以，她也必須待到他放學為止。

當她疲累得幾乎連眼睛也睜不開來了，平板電腦猛然響起了聲音，讓她整個人精神一振。那是她剛才設定好的鬧鐘，提醒她必須出發去接弟弟了。

弟弟就讀在距離群英小學五分鐘路的聖樂施小學，那是西環區**聲名顯赫**的一家男子私立小學，爸爸為了這學校的盛名，用盡一切辦法、花費大量學費，也要讓弟弟考進去。

走到聖樂施小學的門前，十幾個

學生的母親和外籍工人早已在等候。幾分鐘後，胡圖和幾個男生一同步出，幾個人有傾有講的，看來是很要好的朋友。

胡圖在校門跟男生們笑盈盈地道別，跟胡凱兒單獨同行時，馬上換過一副臭臉，用嫌棄的聲音説：「姐姐，我説過很多次了，你不用接我放學，我自己回家便可以。」

胡凱兒沒好氣地説：「你別説得好像姊弟情深，我好像很喜歡對你管接管送，這只是父親交託給我的任務，我要向他交代。」

胡圖眼珠子一轉，狡黠地説：「不

如這樣吧，我倆相約一個時間在家附近等候，然後結伴一起回家？爸媽該不會發現的吧？」

老實説，弟弟提出的建議令她心動。她不用無所事事的坐着乾等，又可以順利交差，看來會是神不知鬼不覺的。

但她沒有即時答應胡圖的要求。

她相信，最大的原因，就是不想給這個凡事也一帆風順、受萬千寵愛於一身的弟弟，那麼容易便得逞吧。

回到家門的時候，胡凱兒和弟弟會自動自覺便放輕腳步，拉開家門的鐵閘也會盡量減低聲量。

只因爸媽每天清晨六時便出門，返回麵包店做包點。媽媽會一口氣工作十小時，至下午四時，才交給兼職員工接班。至於，爸爸更辛苦，一路工作至晚上八時營業時間結束為止，藉以減省人手。

每天放工後，媽媽買了餸菜回家，總會累得**倒頭大睡**。因此，胡凱兒和姐姐總會**自動自覺**的替媽媽掃地清潔、洗菜洗米之類的雜務，等媽媽睡飽一覺後，只要馬上開火煮個飯就好了，不至於有一大堆工作等着做。

現在，姐姐去了寄宿，所有大小雜務都全堆到胡凱兒頭上去，讓她忙得一團糟。

至於胡圖嗎？也不必奢求他做家務了。他不把家中搞得烏煙瘴氣，已經很感恩了吧。

所以，胡凱兒在家裏愈來愈不快樂了，這種捆綁得令她喘不過氣的生活，到底還要維持到何年何月呢？

翌日早上，胡凱兒又是好不容易才喚醒了胡圖。這個弟弟做甚麼也是慢條斯理的，每早更有賴床的習慣，三催四請才能夠把他從床上「剷」起身，讓一大早便要替他準備早餐的胡凱兒非常生氣。

還有，胡圖最愛投訴。這個早上，他又投訴早餐為何又是吃火腿通粉，讓她生氣地拋下一句：「那麼，從明天開始，我只做自己的一份早餐，你喜歡吃甚麼，由你自己動手！」胡圖見**勢色不對**，便只好閉嘴了。

出門前，胡圖又在鏡前用髮泥弄頭髮，胡凱兒眼看手機提示，巴士抵站的時間只有八分鐘了，等下一班車又

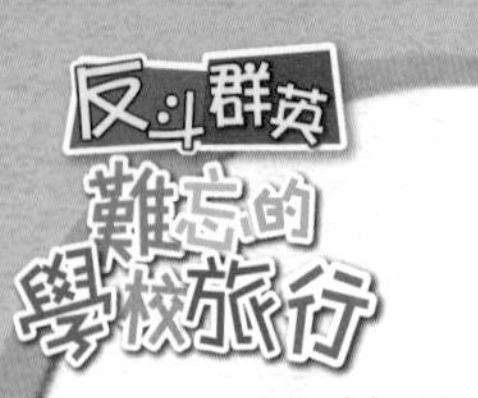

要廿分鐘了。她急得幾乎**腦充血**。若不是答應了父母親每天要接送弟弟，她真想奪門而出，才懶得管弟弟用上一小時梳一個金字塔髮型，就算他遲到兩堂才回到學校，也跟她無關的啊。

但沒辦法，怎會無關呢？要是弟弟有甚麼失誤，到頭來還是會怪罪到她頭上吧。

很慶幸地趕上了 101 過海巴士，經過了大半小時的車程，車子終於抵達西營盤區，但車站距離坐落於半山上的學校尚有一段斜路要走。別少看這約十分鐘的上斜坡行程，少點腳力也不行。

當胡凱兒和胡圖一同踏上正街的斜

坡，遇到也正在「努力向上爬」的夏桑菊。

夏桑菊見到胡凱兒，主動打了個招呼：「早晨！」

「早晨。」胡凱兒回應，她見到夏桑菊正斜眼看着跟她同行的胡圖，她只得介紹一下說：「這是我弟弟胡圖。」

夏桑菊主動示好：「胡弟弟，早晨！」

胡圖側着頭向夏桑菊抬了抬下巴，連一聲早晨也懶得說，就當作是回應。

夏桑菊也不介懷，他瞧見胡圖一身醒目的藍海軍校服，就知他的來頭。他說：「咦，你讀聖樂施的啊？」

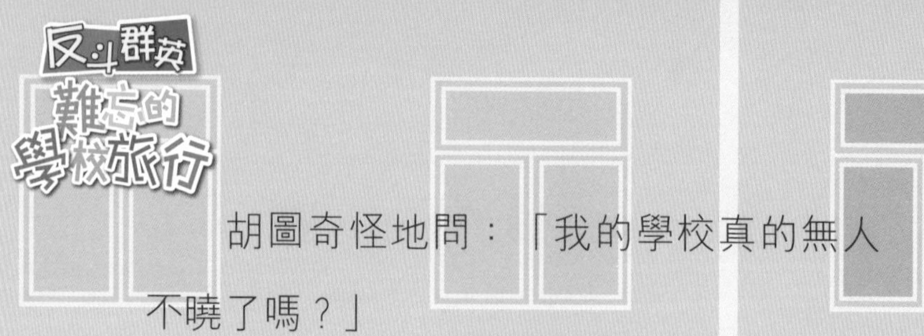

胡圖奇怪地問：「我的學校真的無人不曉了嗎？」

「當然啦，聖樂施是西環區排名第一名的男子小學，每個男生也想報讀啊……不，我相信女生也想哩。」夏桑菊自嘲了一下：「我父親替我報考小學時，除了群英小學，也填寫了聖樂施為第一志願，但

當然不獲取錄啦。」

「我倒不覺得這家學校有甚麼好。」胡圖並不贊同夏桑菊的話，他對學校似有很多不滿的說：「別說其他，我們的校服已經夠醜了。」

夏桑菊貪婪一笑，「我很願意用這一套白恤衫和藍色校褲，換你那套海軍藍校服哩！」

胡圖呵呵一笑，「也好，我倆大可潛入對方的學校探險一下啊！」

夏桑菊興奮起來說：「太好了，我爸爸知道我的一雙腳可以踏進聖樂施，一定覺得我光宗耀祖！」

胡凱兒夾在兩個無聊的男生中間，只覺得沒好氣。這時候，胡圖走到了聖樂施附近，他向兩人揮手說拜拜，比起一開始時對夏桑菊的愛理不理，明顯熱情很多了。

胡凱兒說：「你很厲害啊，我弟弟一向不太理睬陌生人，沒想到卻跟你有講有笑的。」

「你不會明白我們男孩子的啦，

也許，我和你弟弟也屬於**外冷內熱**的一類。」夏桑菊逕自點頭說：「嗯，事實上，許多**超級英雄**的性格也是這樣。」

「聽了你一番嘔心的話，我的早餐大可省回了。」

「真可惜啊！我正想請你去食物部吃魚蛋哩！」

跟夏桑菊笑談着的並肩走回學校，讓胡凱兒有種跟朋友窩在一起的快樂。

其實，「**朋友**」這個名詞，對她來說一向很陌生。在上一家就讀的學校裏，她連同班同學的名字也唸不出來，更別說有朋友了。所以，轉來了這間群英小學，應該是幸運吧，她終於遇上了朋友。

轉校來群英就讀了近四個月了，傻瓜似的她，卻擔心這一切都只是暫時性的吧？要是在明年，弟弟又轉校去另一家學校，她也只好**無奈跟隨**。

所以，在此之前，她只想享受這種擁有朋友的快樂。因為時間可能已在倒數之中，所以她特別**珍惜**。

開學之初，她跟夏桑菊同座。經過班主任安老師調位以後，她跟姜C成了同桌，這位鄰座同學總令她眼界大開。

這一天，上中文堂前，她見到姜C伏

在桌前疾寫着五分鐘後便要交上的週記，

他用歪歪斜斜的字體寫着：

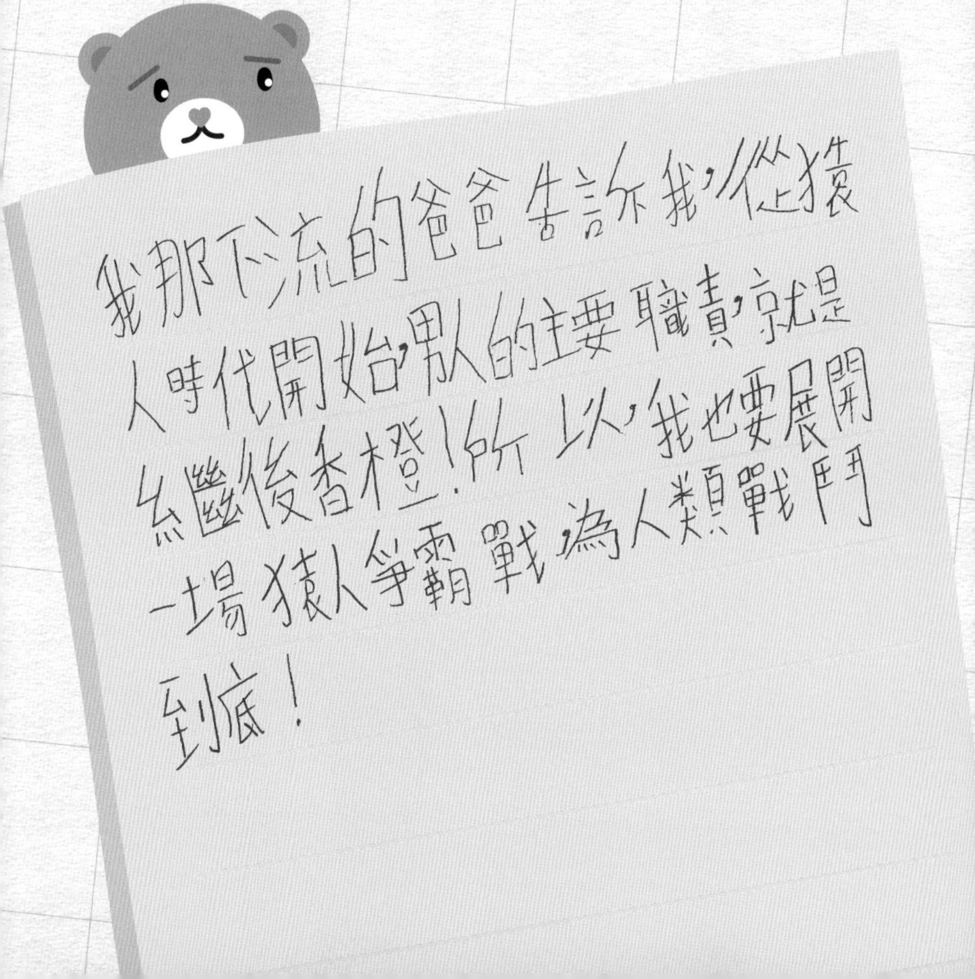

我那下流的爸爸告訴我，從猿人時代開始，男人的主要職責，就是繼後香燈！所以，我也要展開一場猿人爭霸戰，為人類戰鬥到底！

胡凱兒看得翻白眼，覺得自己真的太倒霉！但她不幸看到了，也就很難**視若無睹**，她忍不住開口提醒一下：「姜同學，容許我打個岔，但你的週記好像有問題。」

姜C拿起了週記簿，看看簿面又看看簿封底，再把書頁翻轉向下猛搖，好像會跌出一隻兔子來。他奇怪地問：「沒問題啊！」

胡凱兒沒好氣地說：「我是指

週記的內容，很少人會形容自己的父親下流吧？」

「我爸爸經常告訴我，他是個下流的人，我只是轉述他的說話啊！」

胡凱兒一下無言，人們都說有其父必有其子，所以，有個自誇「下流」的父親，姜C的古怪和神化也有跡可尋。

她好心提醒他：「還有，你是不是想寫『繼後香燈？』

「對啊，我以後要生兩個姜B，一男

一女，男的叫『姜聰』，女的叫『姜植』。」

「你想得可真長遠啊。」胡凱兒苦笑一下，「但你寫了『繼後香燈』，除非你想生出一個新奇士橙。」

「繼後香橙也不錯哦，感覺好像在吃不停供應的自助餐啊！呵呵呵！」

然後，當安老師要大家交出週記時，這位同學真的**知錯「不」改**，把他繼後香橙的心願開開心心交出去了。

終於，胡凱兒發現姜同學是天然呆，正常人根本裝不出來的啦。

第3章
一個小男生不可告人的秘密

　　自從升上小三後，夏桑菊向媽媽爭取到不用坐校巴，他真的覺得自由了。每天放學後，他總愛去學校附近的球場看一兩場免費球賽，或逛一下商場，**慢條斯理**才回家去。

　　這一天，當他路過聖樂施學校那條街道，遠遠碰見了正好繞出校門的胡圖，他

正想走過去跟胡圖打個招呼，卻見胡圖身邊有三個比起他高大得多的男生，看來都是高年級學生。兩個男生一人一邊夾着胡圖，有一個男生就走在胡圖的身後，好像要防止他逃脫一樣。

夏桑菊見到被押走的胡圖臉色一片灰白，他不知如何是好，卻也無法視而不見，便靜靜跟在四人身後，看情況再決定下一步怎做。

只見三個高大男生把胡圖押到一個足球場去，球場上早已有一個男生在等着，看似是想**霸佔球場**。一見眾人來到，表現雀躍起來。一個高大男生把胡圖推到龍門架前，胡圖便一臉無奈的充當了**守龍門**的崗位，四個男生便輪流向着他射球了。

夏桑菊躲在球場的鐵絲網後，遠遠見到幾個氣力大的男生，在禁區內全不留力

的射球，彷彿把**身材瘦弱**的胡圖當作活靶子一樣。就算胡圖用手擋到了球，也發出巨大的**呼呼聲**，讓夏桑菊聽到也覺得痛！

半小時後，四個高大男生好像玩夠了，便拿着足球離開球場。他們路過夏桑菊身邊時，夏桑菊聽到他們幾個的對話。

「這些低年級生真好玩！你看他害怕得要死了！」

「我們下次要準備三個足球，同時射出三個球，就算他接到了一球，另外兩個球也足以**擊暈**他吧！」

「你怎可以這樣殘忍的呢？你害他頭破血流怎麼辦？但我很喜歡！就這樣辦！」

見四個男生笑嘻嘻走出了球場，夏桑菊才走向胡圖，只見連續接了（或躲避了）一百幾十球的胡圖，早已筋疲力盡。他有氣無力地提起了龍門架旁的書包，垂着頭的準備離開，卻與步過來的夏桑菊打了個照面，兩人交換了一個苦笑。

夏桑菊在自助汽水機買了兩罐冰凍的汽水，遞一罐給胡圖，兩人就在看台前坐了下來。當夏桑菊揭開蓋掩喝一口，卻見

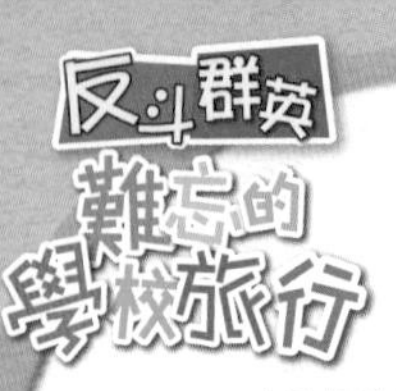

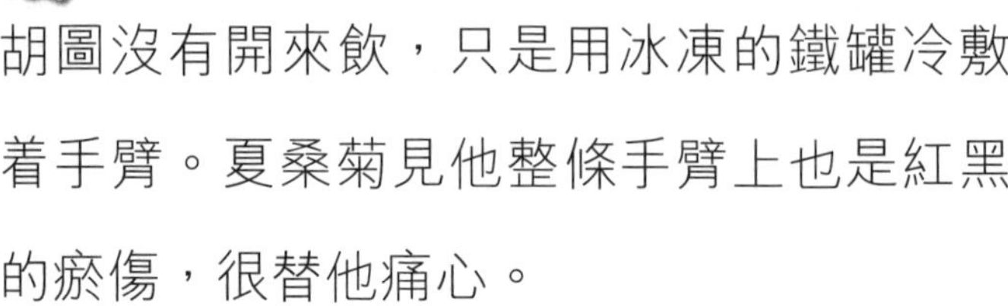

胡圖沒有開來飲，只是用冰凍的鐵罐冷敷着手臂。夏桑菊見他整條手臂上也是紅黑的瘀傷，很替他痛心。

「他們每一個也長得像黑熊，該不會是你的同班同學吧？」

「是高年級的學生。我的同學都説，這是學校的傳統，他們每年也會找來一些轉校來的新生，進行『新人特訓』。」

夏桑菊忍不住直斥其非：「甚麼『新人特訓』？這很明顯就是校園霸凌吧！」

胡圖木無表情的説：「他們告訴我，這只是訓練我救出險球，做守龍門員的強大鬥志吧了，我是會一生受用的……

我連感謝他們也來不及呢！」

是的，這是一家著名的頂尖學府，學生大概都屬於聰明絕頂的一群。夏桑菊剛才多次思考要不要出面救駕，但最後都不敢輕舉妄動。

因為，一如胡圖所說，像黑熊般的高大男生只要瞪大眼搬出一句：「我們只是在練球！哪來的**欺凌**啊？」那麼，夏桑菊也只能

啞口無言。

夏桑菊只能問胡圖：「那麼，你打算就這樣給大家欺負下去嗎？」

「我的同學們安慰我，他們很快便會玩厭，找另一個新對象去了。」

這時候，胡圖才拉開了蓋掩，喝了一大口汽水，他忽然想到甚麼的說：「對啊，我要回學校了，我姐姐以為我在進行課後活動，等着我一同乘車回家。」

夏桑菊見過胡凱兒放學後在商場的美食廣場呆坐，原來她在等弟弟啊？他點一下頭，便跟胡圖一同站起身離開。

兩人在球場門口道別，胡圖的神情有

點難堪：「對啊，剛才的事，你可不可以別告訴我姐姐，因為——」

夏桑菊心裏也明白男孩子心中總有一份逞強，就算，很多時那些逞強也只是逼不得已吧了。

所以，他揮一下手，免去胡圖接下來的一大堆解釋，爽快地說：「沒問題，這是我們男孩子之間的秘密。」

胡圖大大鬆口氣：「謝謝你！」

「可是，我對你也有個要求。」

胡圖凝視着夏桑菊，等着這位大哥哥給他甚麼交換條件。

夏桑菊認真地說：「要是你需要得到任何幫助，你第一個便要找我。」

胡圖感動地點一下頭，答應了夏桑菊這個合理的要求。

第4章

旅行前的超級大雨

大事不好了！

在烈日當空的星期二，大家仍在興奮地談論着旅行事宜，可沒想到在星期三，天空就開始下雨了，一整天烏雲密佈，完全見不到一絲光線。

到了今天星期四，更加不得了，一

大清早起來，只見雨勢大得像一道瀑布！但由於教育局規定「紅雨」才可停課，在黃雨的早上，各同學只得硬着頭皮如常上學去。

可是，雨勢實在太強勁了，就算撐着傘子也沒用，各同學回到課室，鞋襪和褲腳全濕透，顯得狼狽不已。

孔龍更可怕，他居然「不拘小節」地脫掉了襪子，把它們掛在窗框前晾乾。

這時候，姜C推門而進，嗅覺像獵犬般靈敏的他，馬上聞到課室內傳出了陣陣異味，他興奮大叫：

「救命啊！誰在課室內曬鹹魚？請問

賣幾多錢？我老媽最喜歡吃鹹魚粥，我要買來孝敬她！」

孔龍很尷尬，他趁着眾人不覺，把襪子偷偷拿下來了。

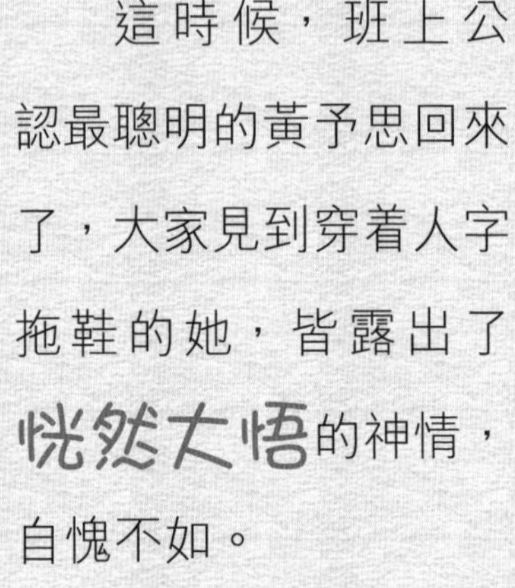

這時候，班上公認最聰明的黃予思回來了，大家見到穿着人字拖鞋的她，皆露出了**恍然大悟**的神情，自愧不如。

正跟好友方圓圓談心的蔣秋彥，看到回到座位裏、用紙巾印乾濕濕的腳踝、施施然穿上白襪和黑鞋的黃予思，如夢初醒的說：「真笨！為何

我居然不懂得穿拖鞋回來呢？那就不用一整天穿着**濕泅泅**的鞋襪了啊！」

方圓圓同意：「對啊，下次下大雨，我也要記住穿拖鞋回校。」

這時候，除了雨勢又加大，天上更行雷閃電，怒哮的聲音，巨大得就像**五雷轟頂**，一下一下的閃電更像**大爆炸**，讓各同學不寒而慄，做了很多虧心事的同學更害怕被雷劈。大家心情愈來愈低落，只因想到明天的學校旅行，恐怕也是凶多吉少了。

見大家**無精打采**，姜C學着馬校長嚴肅的老牛嗓子說：「你們就只懂得坐

在那裏望天打卦啊？做人太不夠積極了！」

夏桑菊用兩手托着香腮，悶悶地凝望着窗外的瀑布奇景，問姜C：「BB，我真想向你求教，我們該如何積極起來呢？」

姜C慢慢走到黑板之前，看樣子是有重大事情要公佈了：「既然如此，我就為大家跳一場求雨舞啦！」

然後，他就站到窗前，雙臂伸向上十指亂撥，更扭動着他的纖腰，雙眼反白，好像撞邪一樣！

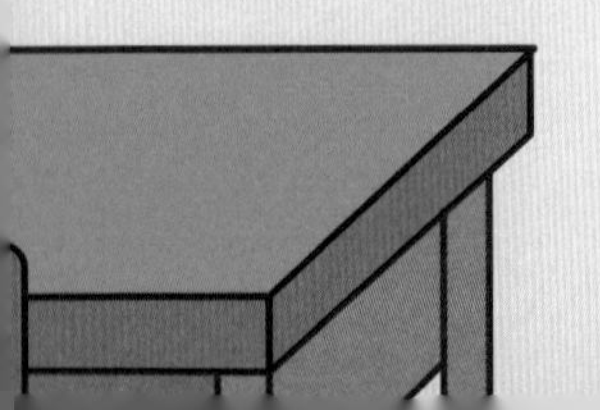

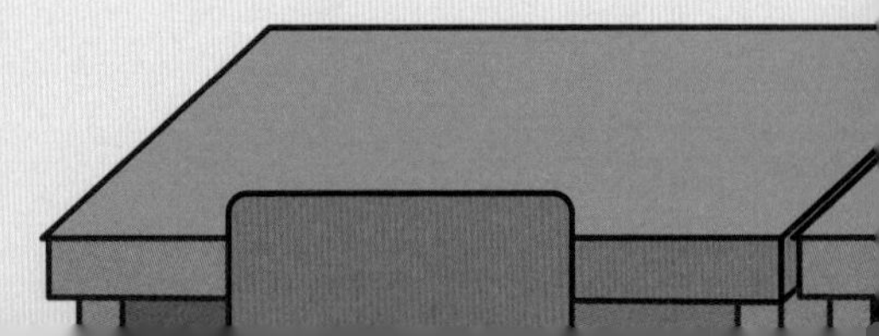

夏桑菊看傻眼，他咕噥着說：「雨下得還不夠大嗎？還要跳『求雨舞』啊？」

　　胡凱兒聽到夏桑菊的話，不禁笑起來，「跳求雨舞也不錯啊，寧願讓上天打開水喉，讓所有的雨水盡快下個清光，那就快快陽光普照了吧？下雨天真的很**麻煩**。」

　　夏桑菊同意她的話，他今早回校時，就算避得開雨水，卻給迎面而來的人的傘邊刺到了頭，他也很討厭下雨天。

　　胖嘟嘟的方圓圓，一直是姜C的忠實粉絲，在姜C愛的呼喚下，她也**羞澀**地走

出來一起跳，然後，班上幾個同學都跟姜C一同瘋，而其他同學則在助興地拍掌，好像去了嘉年華。

夏桑菊看着這群失常的同學，又看看窗外的「水舞間」，他向黃予思吐苦水：「太可憐了，一年才一次的旅行日，今年應該也凶多吉少了吧！」

黃予思聳一下肩說：「上天也要為大家掃興，那也沒辦法。只好安慰一下：大家也是同病相憐，也就等於一同共享悲傷啦！學校內有九百人，也就等於將悲傷分成九百份，每人也只分配了那麼一點點的悲傷吧了？」

其實，夏桑菊難以判斷，乳豬這句話到底這是安慰還是諷刺，但他的心情卻真的好一點了，他說：「哈哈，聽到你這個『悲慘資源分配』，我心裏無疑快樂得多了！」

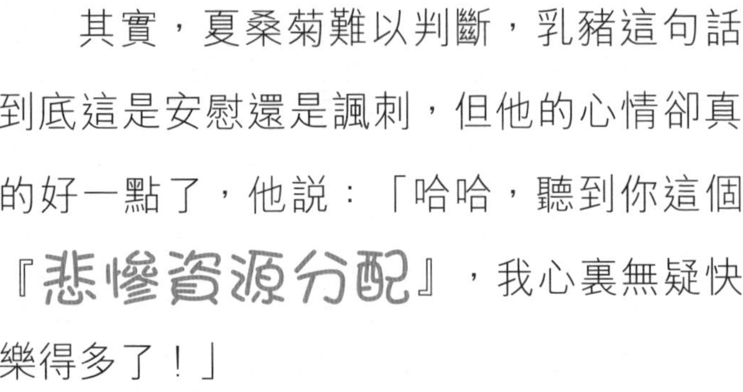

看着在熱烈地跳舞的大家，雖然很傻氣，但夏桑菊還是感激大家的熱心。就好像那個大夥兒去踢球才來下雨的電視廣告，幾個朋友背負着雙手躺在下着雨的球場上，滿臉笑容的説：「其實下雨又有甚麼好怕？」

所以，夏桑菊只好勸勉自己，企盼明天一定會好天，因為有一句老話是：「希望在明天！」

第5章

放晴的旅行日

學校旅行日。

床頭的豬頭鬧鐘響起，夏桑菊即時睜開眼跳下床，只見窗外陽光燦爛，

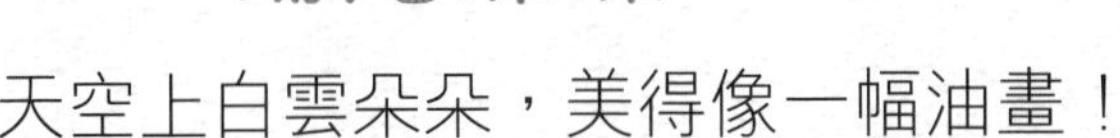

天空上白雲朵朵，美得像一幅油畫！

昨晚就寢前，窗外仍是狂風暴雨，巨大的雨點把玻璃窗打得噼啪作響，讓夏桑菊心裏「打定輸數」，他甚至已執

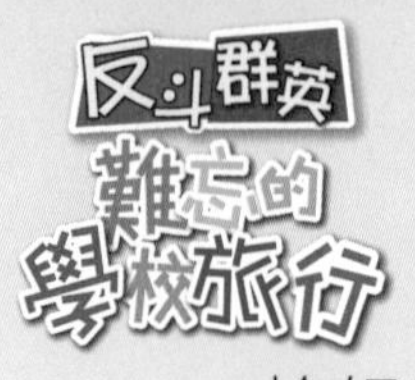

拾好了明天上課用的課本，準備上課去了。

沒想到一覺醒來，**地獄變了天堂**！

夏桑菊擦擦眼睛，確定不是造夢，天空真的放晴啊，他不禁在心底裏大聲的喝彩，第一時間把書包內的課本全倒出來，換上旅行用品！

面對着這種**變幻莫測**，他終於學懂了一件事：是的，天氣總不似預期，可以有想像不到的壞，但也有可能會有意料不及的美好！

高高興興的回到學校，所有同學的心

情也跟他有一樣興奮。榮升為「燈神」的姜C用不出所料的語氣說：「我一早便知道我們可以如期出發的啦！我真不知你在擔心甚麼！」

夏桑菊開心奉承他一下：「BB，沒想到你真的料事如神，我太愛你了！」

「首先得感謝你的愛慕，但愛我的人實在太多了，恐怕你要先排一下隊。」姜C流露出他傲慢的本性說：「龍尾在……你自己去找找。」

到了集合時間，各班級的學生也在操場上列隊，聽候老師的指示，登上旅遊車。

車子約一小時後抵達了元朗的農莊，同學們浩浩蕩蕩步行到一個有着大帳幕的露天食堂，放下了行裝。馬校長向大家講解了是日行程。上午要由老師帶領進行指定的參

觀活動，然後是午膳時間，飯後就是自由活動了。

然後，小三戊班的一群同學，由班主任安老師領頭，並且由農場員工作嚮導講解，參觀了佔地遼闊的農莊內的各個區域。

由於大部份學生也是首次踏進自然農場，更是人生第一次在如此近距離下看到如乳牛、小馬、野豬、山羊等動物，不禁看得驚訝又入迷。

到了一個豬欄前，味道特別強烈。姜C掩住鼻子，忍不住的大聲慘叫：「為甚麼全部動物都那麼臭？」

夏桑菊心裏在苦笑。雖然，姜C的話也說得沒錯，走到每一個動物的養飼區，也會傳來陣陣異味，但他覺得這很正常，只有姜C才會大叫大嚷。

農場員工卻不介意姜C的坦白，微笑着說：「其實，動物身上或多或少也有異味，因為牠們都會採用氣味作為防禦，其他掠食的動物被不喜歡的分泌氣味刺激

到，便會放棄捕食。」

最愛挖苦別人的曾威峯，當然不會放過**嘲笑**的機會：「姜同學，這裏是真正的農場，可不是聘請專人裝扮成動物的迪迪尼樂園啊！」

眾同學大笑起來，連夏桑菊也忍不住笑了。

到了約莫有半個足球場大的稻田，大家滿以為會見到曬到像黑炭頭的農夫，沒料到只見到田裏沒人，只有三部在緩慢行走的機器，正在遁着一早設定的軌道，在田內挖鬆泥土，恍如現在最**時興**的吸塵機械人的巨人版。

高材生呂優對那個「**自動挖土**

機」讚口不絕。他說：「現代的農耕技術真是日新月異，這些機器能擔任一部份農耕的工作，讓農夫們不用那麼辛勞了。除此以外，機器上方更設置了**太陽能面板**，一邊運作一邊充電，減省了人手之餘，更加入了環保概念，非常厲害啊！」

安老師欣賞地說：「呂同學，沒想到你對這些農作科幻也有研究啊。」

　　呂優謙虛地說：「我只是比較喜歡看有關發明的書籍，看多了便懂得多一點。我長大後的志願，是做個造福人群的發明家。」

　　姜C驚喜地插個話：「你可不可以發明一個自動變臉器，讓我隨時變成某一個路人甲的臉……舉例就像：我的好朋

友夏桑菊啦！只因我這張帥臉實在太帥，何時何地也有人找我簽名拍照，讓我很辛苦呢！」

呂優語帶無奈的說：「姜同學，你需要的應該不是發明家，而是**整形醫生**。」

眾人又爆笑了，但這一次，被稱之為「路人甲」的夏桑菊當然是笑不出來。

安老師帶一群學生到了有機蔬果種植區，那裏掛滿了瓜類和番茄的竹棚，經過嚮導員的講解，大夥兒親自拿起農具，嘗

試有機農耕的過程。由墾地、翻土、起畦、下種、移苗和施肥等程序。當大家耙鬆泥土下菜芯種子，工作人員笑言，或許幾個星期後，大家在街市買到的就是自己種的菜，讓所有人更起勁了。

大家除了學懂了種瓜的過程，嚮導員也提醒同學們，蔬果含各種維生素、礦物質和膳食纖維等，必須多食，取得均勻營養。

胖嘟嘟的方圓圓滿懷希望的說：「我每天也要吃更多蔬果，幫腸道排排毒，希望可減幾磅。」

天生悲觀又憤世嫉俗的叮蟹，卻滿懷絕望地説：「那是騙人的吧，吃再多蔬果也沒作用，我的祖母一天三餐也在吃素，但她卻是個『進擊的巨人』似的大肥婆！」

種植工人聽到叮蟹同學的話，笑瞇瞇地解説：「當然，吃蔬果對身體健康有好處，但也要配合適量運動，才可達至最好的效果。」

安老師也鼓勵着叮蟹：「丁同學，你記得要轉告祖母哦！」

叮蟹又在低聲咕噥着甚麼，走在他身

邊的同學慢慢把身子移離了他身邊，害怕感染了他黑洞般的負能量。

大家又走到了約有一個課室大的標本區，牆壁上有大量昆蟲可近看觀賞，如常見的蜻蜓、草蜢、蜜蜂和甲蟲等。但有很多奇怪的昆蟲品種更是難得一見，譬如臭蟲、藍瓶花跳甲、黑點大蟜象等，讓同學們大開眼界。

而標本室的另一邊，則是形態優美的**蝴蝶標本專區**。蝴蝶翅面的顏色大多都是斑紋艷麗，遠看恍如一幅由不同顏色組成的美麗圖鑑般，有很多蝴蝶類型更是在香港前所未見，例如大橙黃的南美大黃蝶、紫紅斑紋的非洲枯葉蝶、巴西南部才有的、藍褐色相間的青藍陰蝶。

最令同學們感到奇妙的，是嚮導員告訴大家，原來蝴蝶在不同季節會轉色。在每年十月至四月稱為旱季，它們翅膀上的顏色會暗淡而斑紋模糊。而四月至十月則是濕季型，蝴蝶翅膀上的顏色會變得鮮艷且斑紋清

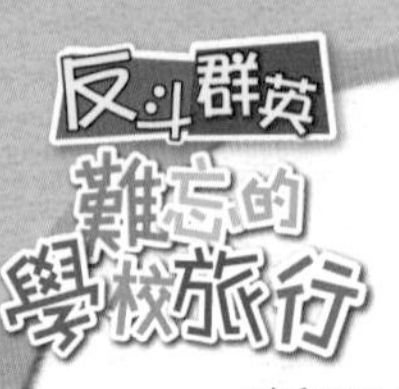

晰醒目。是季節決定了蝴蝶的形態。

姜C見大家看得嘩聲四起，他說一點也不值得奇怪，他說他媽媽化妝前和化妝後也是兩個人。化妝前根本沒有眼耳口鼻，簡直像個白面鬼。化妝後才可「重新做人」。姜C說，是化妝決定了女人的形態。

早上的導覽活動告一段落，但別小看只是短短的一個多小時，對於長年居住在市區的學生們來說，這真是很好的一堂自然教育課，更不必困在課堂內看着單調的課本圖片說明，親身感受到田園風光，讓各人也覺得收穫豐富。

第6章 農場午餐

在農場裏，吃午飯的方式也很有趣。

各班級的老師向每一位學生們派發了餐券，讓學生們憑券去指定地點取午餐。

眼見很多同學拿了餐券後，馬上走去取餐，有點肚餓的孔龍也想趕過去，但呂優卻勸他不如稍等一會，一向**性格火爆**衝動

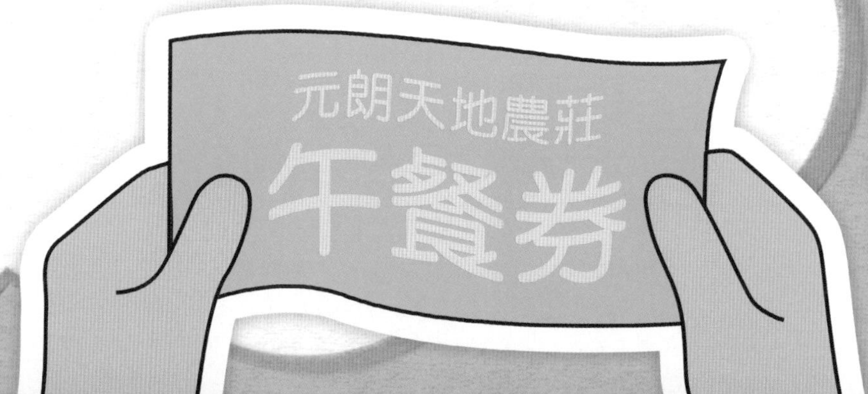

的孔龍，居然也**乖乖聽話**。可見兩人真是一對有默契的好友。

另外，幾個小三戊班的同學，也決定跟隨着呂優。趁着人人都在排隊等餐，去了空無一人的飼養區，大家夾了十元八塊，買了一大堆飼料餵小白兔和山羊。

姜C一邊餵山羊吃紅蘿蔔，一邊也偷吃了幾條，這個可憐蟲看起來餓壞了。

而蔣秋彥和方圓圓在工作人員的指導下，也完成了親手擠牛奶的心願，兩人更跟母牛合照，開心不已。

而KOL則忙着用手機拍下了農場內的所見所聞，準備回家製作一條《**香港農**

莊一日遊》的 Youtube，希望博得網民的點擊和讚賞。

玩了半小時，呂優看看手錶說：「大家也餓了嗎？我們要不要去吃飯囉？」眾人找到了那個派飯的地點，見到有十多個人的短龍。剛才一早便去排隊的同學們像

叮蟹等人，居然還在排隊中，大家也等到目光呆滯。

呂優帶領大家走到龍尾，只用了不到幾分鐘，便憑着飯券順利拿到了飯盒和一包紙包飲品。

大家心裏總是在想，在農莊會不會只有番薯和粟米等粗糧，甚至要跟小白兔一同共享紅蘿蔔啊？沒想到居然有三種飯盒可選，先別管味道的好壞，起碼也可三選一啊！

蔣秋彥非常細心，她帶了兩張野餐用的大餐墊，讓幾個同學可以在一棵大樹的樹蔭下用餐，增添了用餐的趣味。

打開飯盒，眾人**驚訝**不已。本來，來到農鄉地方，對出品也不存厚望，只求**餬口**吧了。沒想到的是，試了一口，味道卻是出奇地好。

夏桑菊吃着那盒有機蔬菜雞髀五穀飯，瞪大眼**驚訝**地說：「正所謂近海吃海鮮。原來，近農場吃農產，真的可嚐到鮮肉味！實在太難得了！」

孔龍一起筷已停不下來，他滿嘴是飯粒的說：「真的太好吃了！我很久沒吃過那麼好吃的飯盒，也許我們只是太肚餓，這是錯覺吧！」

黃予思卻有另一種想法：「不，這個飯盒是合格有餘啦。我爸爸開餐廳，他告訴過我，一個飯盒最重要的就是**熱騰騰**的，讓人嗅到飯香已精神一振，就沒有不好吃之理。」

夏桑菊覺得乳豬的話真的對極了，他最怕就是吃到**凍冰冰**的飯盒。舉例就像學校的羅宋魚柳燕麥飯吧，不知放了幾多個小時才來到他手上，飯餸冰冷之餘，更有倒汗水流進飯內，變成燕麥湯飯，令他**欲哭無淚**。

方圓圓稱讚呂優的神機妙算，讓大家也不用受排隊之苦，呂優一臉不好意思。

「沒甚麼啦，那是**人棄我取，人取我捨**的原理吧了。」呂優不是那種喜愛炫耀和拋書包的人，他用簡單的方法向

大家説明：「剛才，全校同學也同一時間拿到了餐券，也就是説，有可能共有九百人一同衝去取餐，以每個人取餐大概要二十秒計算吧，每分鐘可給三個人派飯，九百人就要三十分鐘了。所以，半小時後才去，應該可避開人潮了。」

呂優的好友孔龍這才恍然大悟，他一邊咬着雞髀，一邊讚嘆地説：「難怪你叫我剛才別去，因為，本來要乾等三十分鐘才拿到的午餐，我們現在花幾分鐘便可取餐。趁着沒有排隊的空檔，我們亦可善用時間，做了很多事，例如餵飼小動物和到處觀光，你的想法真好！」

呂優點點頭説：「派發餐券的好處，就是令大家也不受時間限制。不必在同一時間**一窩蜂**的湧去取餐，以免釀成大排長龍的混亂情況。」

黃予思向呂優請教：「我爸爸在旺角開的餐廳，最近開始向長者**免費派飯**，卻沒想到，下午五時開始派飯，有老人家在下午二時已在門外排隊，各位長者固然辛苦，我們在一旁看着也很不忍心，但解決不了這問題。其實，改為派發餐券不就好了嗎？」

呂優靜靜想了十秒鐘，卻搖了搖頭説：「不，情況應該不會變，甚至可能變得更壞。因為，派發餐券要排一次隊，領飯盒可能又要多排一次。」

黃予思醒覺過來，她的神情顯得很無奈：「對啊，一旦設定了人數限額和時間限制，就很難制止排隊的人流。」

呂優補充一句：「可是，若不設有任何限制，希望分**一杯羹**的人將會更多，前來的人數更加無法估計吧。」

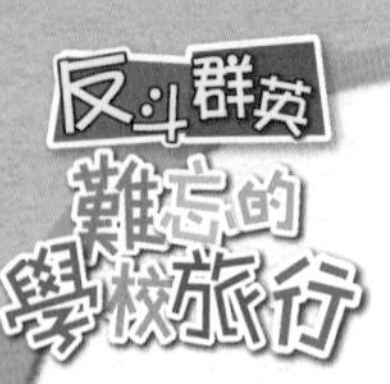

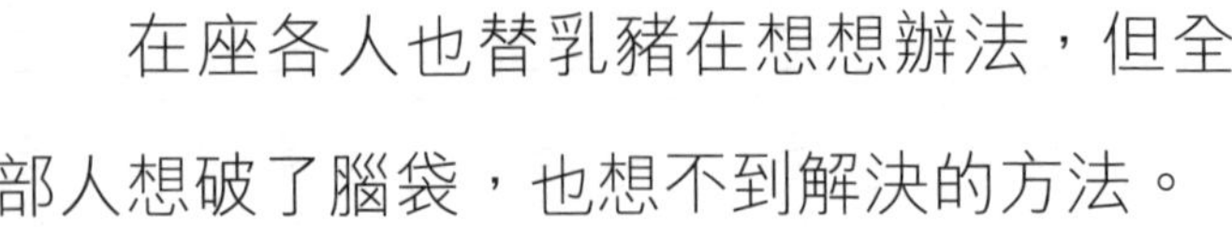

在座各人也替乳豬在想想辦法，但全部人想破了腦袋，也想不到解決的方法。

女班長蔣秋彥向黃予思微笑開口：「無論如何，你爸爸做的**是善事**啊。我的祖母也經常做**義工**，幫食店派飯盒，不如我和她也來幫忙一下？多一個人多一雙手，應該可加快流程啊。」

此話一出，大家都**踴躍**地要求加入做義工行列。面對各人無私的熱心，讓對同學一向也表現得有點淡漠的黃予思，不禁向大家掀出了一個由衷感謝的笑容。

第7章 有趣的踢毽活動

飯後，自由活動的時間正式開始囉！

姜C突然站起身來，大喊一聲：「好了，我也是時候要**變身**了！」然後，他好像追巴士似的跑開去了。

各同學你眼望我眼的，大家也不明白姜C要如何變身呢？但五分鐘後，姜C便回來了，幸好大家已吃完飯，否則一定會**忍不住噴飯**呀！

只見折回來的姜C，已換過了一身長至及膝的黑色長褸，連頭髮也梳理得一絲不亂，再加上一副反光的**黑色墨鏡**，配合**木無表情**的臉容，讓他活像個失業的殺手。

KOL舉起手機，把握機會拍下了姜C現身的一幕，她邊笑邊說：「大家最期待的畫面出現了！我班中**最帥**的同學出場啦！」

KOL把手機對準了姜C，拍他的臉部**大特寫**，只見姜C好像賣洗髮水廣告似的，輕輕撥一下額前的一撮S字劉海，向各位觀眾說了一句**肺腑之言**：

「我的帥，可不是一般的帥，我可以帥到令人心碎！」

然後，他掀起半邊嘴角向鏡頭比出一個心心，KOL 笑得連握手機的手也拿不穩，令畫面好像在**五級大地震**下拍攝。她為了自己的不夠專業而感到抱歉。

一向把姜 C 視為偶像的方圓圓，雙眼閃出了無數個**心心**，讚頌着說：「姜 C，這個新形象很適合你啊！」

「這才是真正

的我，平日那一個包裹在醜惡校服下的扮相，只是偽裝成好學生的我吧了！」

安老師剛好路過，看到了姜C的殺手造型，她走過來悄聲提醒他：「姜同學，這次學校旅行，規定了要穿着學校運動服，你這一身……獨一無二的打扮，可能已違反校規了啊。」

突然之間，姜C在安老師面前打開了大褸，令安老師退後幾步，面露驚惶之色，幸好這個姜C並沒有攜帶手槍或腰纏手榴彈之類的，否則她也不得不大義滅親報警囉！

姜C指指自己大褸下的運動服，滿有

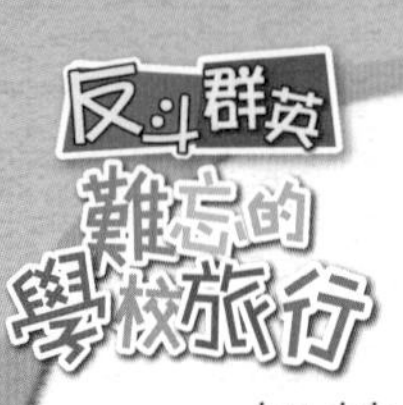

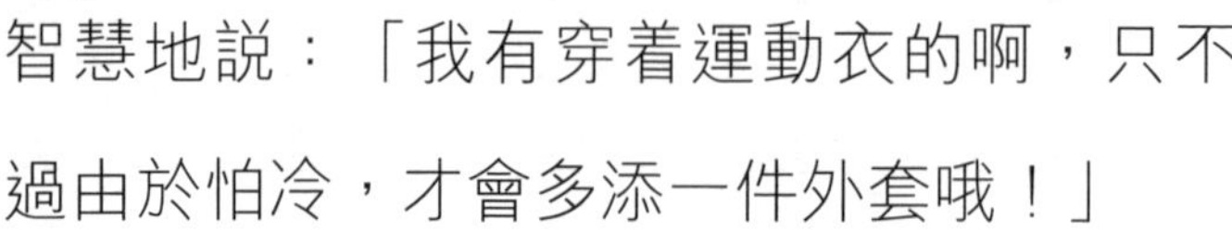

智慧地說：「我有穿着運動衣的啊，只不過由於怕冷，才會多添一件外套哦！」

安老師心想，這也說得通哦！雖然，時間已是深秋，但這一天陽光普照，溫度仍是高達廿七度，以露天為主的農莊大概又高上幾度，但學校可沒規定學生旅行時發冷，不可添置外套的吧。

安老師苦笑着問：「今天很熱，你真的覺得冷嗎？」

姜C擺出一個似笑非笑的酷酷表情說：「世上最冷的地方，就在我的內心！」

方圓圓聽到了姜C偶爾溜出的人生金句，刺激得呼吸困難！

夏桑菊呆看着這位浮誇的朋友，只怕他會熱到中暑吧了！

計算一下時間，距離集合離開尚有兩小時。各同學們各自想做的事情，所以眾人決定分開活動。

呂優對農莊內的農作科技深感興趣，

所以希望趁着這個難得身在實地的大好機會，向工作人員求教。大家對這位高材生**好學不倦**深感佩服。

KOL 為了要做一個「香港農莊」特輯，**密鑼緊鼓**的跑開去了。

蔣秋彥和方圓圓這對好朋友，實在太喜愛小動物了。剛才試過擠牛奶後，更想親親更多動物，所以她倆也向大家告別了。

曾威峯見蔣秋彥要離開，不免覺得失望，他不捨地說：「哎啊，我本來想向你表演一下，我最拿手的一種**技能**啊！」

夏桑菊記起來了，幾天前，這個運動健將炫耀地說：

「很多人以為我只懂得足球、籃球、排球、游水、田徑等等，雖然這也是事實。但其實，我最拿手的一種技能，從沒試過表現出來。這次旅行，我決定表演一下！」他也想知道，曾威峯還能出甚麼**絕招**。

蔣秋彥**面有難色**，正想說甚麼，夏桑菊搶先替她開脫：「曾同學，你只向女生表演啊？我們一大群男生也在等着你表演呢！」

蔣秋彥對曾威峯笑着說：「對啊，很多同學也等着看呢，你要好好表演！我要趕着去探望小動物了！」她**趁機溜開**去。

曾威峯突然改變主意說：「我也愛小

動物，我跟你們去！」他正想跟隨着蔣秋彥和方圓圓離開，但孔武有力的孔龍卻一手抓住了他的衣服後領，勒令他停下來。

吃飽了所以**精力充沛**的孔龍，拍拍一邊堅實手臂上的老鼠仔，吼叫着說：「你這個關子賣足了幾天，我們一群男生早就等得不耐煩了！你要好好地表演，別讓我們每一個人也**大失所望**啊！」

縱使曾威峯在運動方面很威風，但也給孔龍嚇得**縮頭縮頸**，像一頭受驚的烏龜，他只好逼不得已留下來，目送蔣秋彥離去了。

留在現場的有夏桑菊、黃予思、

孔龍、胡凱兒和姜C，大家也期待曾威峯獻技。可沒想到，當曾威峯從背囊裏拿出一件東西，卻讓眾人匪夷所思。

大家異口同聲地問：「這是甚麼啊？」

曾威峯看到眾人反應，輪到他發呆：「這是毽子啊，大家不是未見過吧？」

孔龍從曾威峯手中搶過那個小小的毽子，莫名其妙地說：「在一疊圓形的紙上插幾枝雞毛，這是甚麼致命武器嗎？」

眾人都笑起來了。雖然孔龍的形容很趣怪，卻不失真實。

事實上，這個名叫毽子的東西，底座由裁剪成圓形的舊報紙疊起，中間穿孔用線紮好，上頭則插着幾枝羽毛。

曾威峯瞪眼看着各人，好像投訴這一群都是笨蛋。他搖着頭說：「毽子，古代人也稱它『燕子』。踢毽子是一種流傳已久的遊戲，世界各地都有比賽。」

為了讓大家認識何謂踢毽子，曾威峯即席示範，他把毽子向半空一拋，便把跌下的它用球鞋的內側向上抬起，讓它拋飛到半空又墜下。他一直用腳控着毽子，不讓它落地。

夏桑菊見曾威峯用一雙腳把那個小小

的毽子控得**揮灑自如**，他覺得這個遊戲倒也不失趣味。

孔龍說：「一點也不難吧，讓我來玩一下！」

聽到孔龍的話，曾威峯就把毽子輕輕踢向他的方向，孔龍的鞋尖只碰到了毽子一下，第二下便已失控落地。

姜C又放金句：「恐龍，你説的玩一下，意思原來真是『一下』，你很誠實啊！」

孔龍想追打姜C，曾威峯卻揮一下手，笑着説：「大家來練習吧，不用半小時，我保證讓你們每一個也學會踢毽！」

六個同學便開始圍圈學玩毽子，各人慢慢便掌握了踢毽的基本四式，包括要靈活用上腳內側、大腿、腳背和腳外側。原來氣力大是沒用的，最重要的是看準了毽子的

落點，把它輕巧地踢出去，只要落地便輸囉。

曾威峯說得不錯，在他的指導下，眾人都快速上手。不用十分鐘，已可以把別人踢來的毽子，準確送到另一個人的腳下，感覺**開心又滿足**。大家居然從不知道有那麼一個好玩的遊戲，大嘆可惜。

上手最緩慢的居然是孔龍，由於他氣力大，往往把毽子踢到老遠，總是飛過眾人

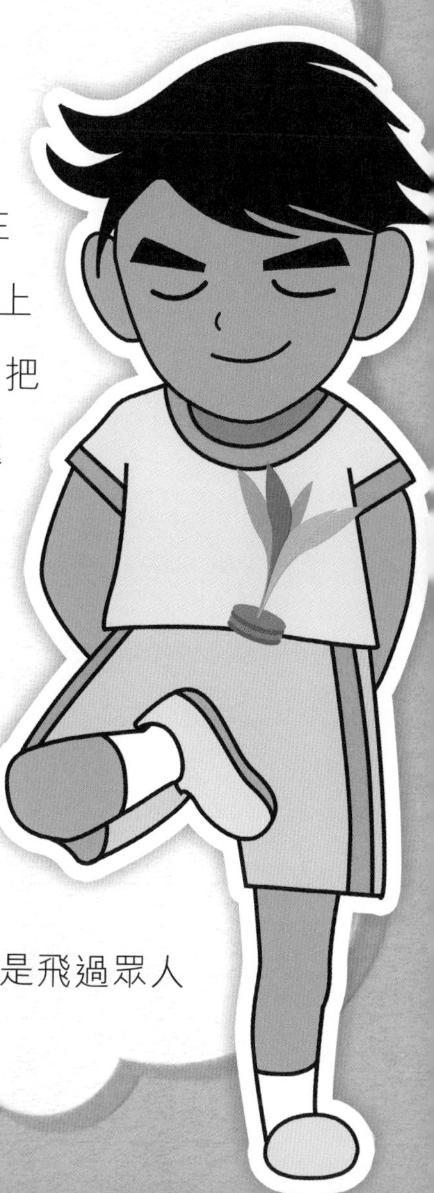

頭上，根本無人可接到他的球。

曾威峯像個要求嚴格的教練，他對孔龍訓話：「恐龍，請問你可以溫柔一點嗎？」

孔龍非常生氣，兩管鼻孔噴火，追打着曾威峯：「一個男人叫另一個男人溫柔一點，到底成何體統？」大家給兩人笑死了。

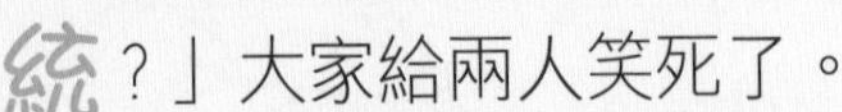

眾人踢毽的舉動，引來了更多不認識的學生加入，那個圈圈愈圍便愈大，後來，連體育老師和安老師也走過來玩，他倆都笑說自己的童年就是玩這個，學生們估計兩老也很老了，加起來總該有一百歲了。

第8章

刺激的123木頭人

玩完踢毽遊戲，大家也意猶未盡。圍過來人數超過五十人，各個班級的學生都有，便決定玩集體遊戲。

最熱門的群體遊戲有幾個，就像大風吹、掉手巾、麻鷹捉雞仔，等。也有人提議玩捉迷藏，但由於農莊地太空曠，除非挖個地底躲進去，否則能藏身的地點總不太多，難度太高了。

所以，經過眾人七嘴八舌的

提議，眾人一致贊成玩 123 木頭人。

123 木頭人這個遊戲，遊戲方式是找一個人做「鬼」，背向着眾參賽者，讓大家慢慢靠近鬼，但當鬼回頭看，所有人也不能動。一旦有人停不住，或身子在搖動便算輸了。誰可順利越過鬼，誰就贏出比賽。

大家找到了一片大草地後，經過抽籤後決定由黃予思做木頭人。她走到遠至一個球場般的遠處，用樹枝在泥沙上畫了一條直線，跟眾學生說：「五分鐘內，誰可以避過我雙眼，順利踏過這個終點，誰就贏出了囉！」

反斗群英
難忘的
學校旅行

然後，黃予思轉過身去，背着所有人的站着，按動了手錶的倒數計時器，大聲地說：「遊戲正式開始！」

一早已蠢蠢欲動的眾人，在起點線前興奮地踏出第一步，沒想到黃予思口中的「……始！」一説完，猛然便轉過頭來。眾人不料有此一着，紛紛中招！

只見五十個參賽同學之中，至少有一半人提起了腿，面對着黃予思如死光似的注視，一隻腳就僵在半空不可稍動，黃予思也微笑着的不轉回頭去，過了半分鐘，很多人不是失平衡就是腳抽筋，一轉換姿勢就輸掉了！

黃予思第一記出擊非常漂亮，攻其不備的，一舉消滅了二十八人。

三戊班的曾威峯和叮蟹一同敗陣，叮蟹抱着抽筋的後腿，悲痛地仰天大叫：「上天為甚麼不讓我做鬼？對我公平嗎？」

最厲害的是姜C，在酷熱的陽光底下，身穿厚厚大衣的他，維持着金雞獨立、雙臂大展的雄鷹姿勢維持了整整半分鐘，可真是個內功深厚的高手呢！

胡凱兒、孔龍和夏桑菊三人則慶幸自己剛才靜觀其變，才會延遲了一秒鐘沒動，沒想到卻誤打誤撞的救了自己一命！

黃予思轉回頭背向大家，眾人向她小

心翼翼的一步步邁進。由於大家也感覺到她的厲害，所以前進的速度極其謹慎緩慢，沒想到她卻又一直沒轉回身來，眾人一下就走了半程，當防範心變得鬆懈的時候，黃予思用慢動作轉過身來，這一次只有兩個人不幸輸掉。

只剩下二十人了。

看看時間，時間只剩下兩分鐘了，大家也心跳加速，既驚又急。

當黃予思再背過身子，很多學生便忍

不住很着急地**急步衝前**，黃予思忽然又極其快速的轉過頭來，一雙眼又抓住了十七個走動中的學生，包括連孔龍也**敗陣**，全部被淘汰。

只剩下夏桑菊、胡凱兒和姜C了。

夏桑菊知道黃予思的頭腦太巧妙了，她沒有來回轉身十多二十次，但每次轉身都充滿智慧，也足以致命。

他跟乳豬從小就結識了，他有種預感，她還會轉身一次，而這一次，她就是有辦法令所有人也輸掉。

好了，時間只剩一分鐘了。

路程只剩下廿呎左右而已，終點看似觸手可及。

黃予思背過身去，夏桑菊、胡凱兒、姜C一步一驚心的，用比起烏龜還要慢的速度艱難向前行。到了剩下最後半分鐘，黃予思慢慢轉過頭面向眾人，大家即時停下所有動作。

但是，大家也覺得不妥！

面對着三人的黃予思，居然是合着雙眼，也就是說，所有人仍可繼續向前行啊……但誰又敢稍動半分啊？

只要一睜開眼，黃予思馬上就會掃射到誰在移動吧！

這一招心理戰術太厲害了。

落敗了聚在一旁的學生們看得如鍋上

蟻，焦急的大喊：「快跑啊！時間只剩下十多秒鐘而已！」

夏桑菊和胡凱兒也知道時間緊急，全身不自覺的冒汗，但卻像給點穴了動彈不得。反而，像殺手的姜C不顧一切，連打了三個側手翻，長長的黑衣披風飄揚，簡直像在拍武俠片，他在比賽最後一秒鐘躍過了黃予思身旁，贏出了比賽。

黃予思手上的錶響鬧了起來，她這才慢慢睜開了眼，看着全身僵硬如石頭的二人，搖頭微笑説：「你們都輸給了自己的恐懼了啊。」

夏桑菊和胡凱兒面面相

覷，這個根本不是棋逢敵手的對手啊，一個人可淘汰四十九人，她太高明了。

成為唯一勝出者的姜C，擺出一個單膝跪地的姿勢，高高地抬起了手臂，用食指指向天空，用冷傲的聲音說：「武俠小說中有個高手叫『獨孤求敗』，而我由這一刻開始，多了個綽號叫『孤獨求勝』！」

眾人爆出了瘋狂的喝彩聲。然後，在大家的掌聲下，這位「孤獨求勝」終於熱到中暑暈倒了，身材略胖的校工花姐馬上跑過來照料他，盡顯人間有情的一幕。

第9章 完美的旅程

大家盡興地玩了半天，終於到了準備回程的時間了。

大家聚集在農莊的入口處，在點算人數後便離開。

在農莊內獨自進行考察的呂優歸隊了，他高高興興告訴大家，工作人員除了向他介紹了很多農作的新科技，更帶他參觀了農莊並未開放的新區域，那是一個新建的玻璃溫室，裏面有大量植物，有些更屬香港罕見，就好像蜘蛛抱蛋、夜裏芳菲、三絲水玉杯等。工作人員瞧見呂優興趣滿滿的，特地選了一些種子和幼苗送他，讓他可回家栽培。

蔣秋彥和方圓圓也收穫豐富。兩人初次走進了馬房時，看見體型龐大的馬匹，嚇得不敢走近一步。但兩人嘗試再訪馬房，工作人員讓二人親自餵飼馬匹，由於試過面對面的接觸，她們也就減低了恐懼感了。到了最後，兩人竟都騎上了馬鞍，騎着馬匹在沙圈踱步，讓她倆對自己的大膽也感到不可思議。

KOL 自滿地説，她已拍了一輯很美妙的農莊遊記，今晚九時便會上載到

Youtube，希望大家多多支持。

全校同學們聚集後，馬校長跟大家說明了這次農莊之旅的意義：

「雖然，城市發展已是一個**不可逆轉**的過程，而發展也一直伸展到野外，甚至可能需要夷平郊野公園，或者僅餘不多的農地，開發住屋或大型購物中心。

問題是，要是我們繼續不斷破壞大自然生態，今天我們眼裏看到的一切**珍貴**

資源，或許會跟我們永遠道別啊！」

馬校長的演講永遠也冗長又沉悶，每次也叫同學們昏昏欲睡，可是這一次，當大家親身接觸到大自然的美好，得知有一片綠地的可貴，腳踏實地上了寶貴的一課，紛紛也點頭贊同，希望盡一分力保護自然環境。

登上旅遊車返回學校途中，最神奇的事情發生了！

反斗群英
難忘的
學校旅行

只見本來明朗的天空，在短短五分鐘內突然變陰，雨點打到車頂和車窗玻璃上，發出噼噼啪啪的響聲，好像即興而彈奏的交響樂。

夏桑菊看着窗外的橫風橫雨，有感而發地說：「今天真是天公造美！好像為了要讓我們有一個盡興的旅程，努力撐到最後一刻！現在終於完成了它的使命，又要繼續開水喉了！」

車廂內的同學見到車外風雲色變，大概也能想像若身在農莊內，這一刻會是多麼狼狽又混亂，所以，大家也同意夏桑菊的話，對老天的成全，心存感恩。

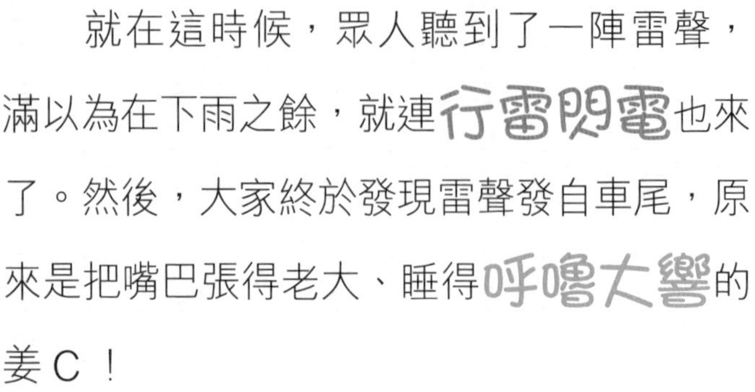

就在這時候，眾人聽到了一陣雷聲，滿以為在下雨之餘，就連行雷閃電也來了。然後，大家終於發現雷聲發自車尾，原來是把嘴巴張得老大、睡得呼嚕大響的姜C！

夏桑菊沒好氣地說：「原來是『如雷貫耳』的『孤獨求勝』啊？太失敬了！」

全車同學爆笑起來。

對於這一次失而復得的學校旅行，大家也學懂了一件事：幸福並非必然。有個愉快的、沒出甚麼大意外的旅程，本身已是件最美好的事情啊。

第10章

不可多得的親人

放學的時候，夏桑菊接到胡圖的信息，相約他在足球場見面，夏桑菊以為大事不好，胡圖真的要向他伸手求援了。

他**氣急敗壞**的跑到球場，卻見到胡圖獨自地坐在看台上，神情一派輕鬆，見夏桑菊遠遠跑來，向他笑着揚了揚手。

走到胡圖面前，夏桑菊向着半空揮了幾記手刀，**氣喘喘**的說：「我已練了幾招防身的招式，但敵人在哪裏？」

胡圖輕鬆地說：「沒有敵人啦，我們已經**化敵為友**啦！」

夏桑菊驚異地看他。

昨天放學後，胡圖又被幾個高年級的男生抓去守龍門，當眾人把他當作做人肉活靶的時候，五個中學男生突然走進了球場內，要求來鬥一場波。雙方協議先入三球者勝。

聖樂施小學高年級的男生們，也算得上牛高馬大，但比起那群中學生，還是矮上一截。但既被人下了戰書，為了顧全顏面，也不得不硬着頭皮迎戰了。

雖然，聖樂施每個男生也是足球小將，球技不弱，但面對平均要比起他們要高一個頭的中學生，體力和氣勢還是下風，

一直處於捱打的下風。

雖然，負責最後把關的胡圖，接連救出幾個險球，但仍是給中學生攻入兩球。聖樂施隊**拼了老命**，才總算追回兩球。

分數是二比二，哪一方再入一球，便能贏出賽事。

就在這時候，聖樂施的隊員，由於一時大意，在禁區內觸犯了手球，被罰十二碼。大家心想，這次完了。

一項研究指出，足球比賽內的十二碼，射入的比率高達85%，可說敗局已定。

看到四個隊友露出了心灰意冷的頹喪表情，一向看他們不順眼的胡圖，第一次開口的說：「我們也不一定會輸，振作起來啊！」

四個高年級男生打起精神來，異口同聲地替胡圖打氣：「師弟，努力接這一球吧！加油！」

胡圖第一次聽到眾人喊他師弟，聽到大家給他打氣，得到了莫大的鼓舞。雖然，一對一的面對着高大的中學生，但他表現得全無懼色，當中學生起腳射球時，他抓到了對方的腳路，飛身撲救，用雙手抓住了射向左上角的球。

當四個師兄都在開心喝彩、中學生們滿面失望的時候，胡圖看準集中在前半場觀戰的眾人，心知這是反擊的大好時機，他大喝一聲：「快進攻！」話剛說完，他趁着敵隊滿以為贏定了，放鬆防守的當兒，把球用力踢出去。

師兄們馬上奔跑衝前接住了球，兩個

前鋒來一個撞牆，像打波子機那樣，把球輕易送進了對面的龍門內！

那群中學生沒想到竟會反勝為敗，只好灰頭土臉離開球場了。

一場惡鬥終於告一段落，胡圖為了自己的幸保不失而大大鬆口氣。四位師兄向他走過來，胡圖並不知道大家會否又折磨他。

一個師兄代替其他三人發言：「好了，小師弟，我們不會再找你麻煩了！我們會繼續找下一個要『特訓』的師弟。」

胡圖一下子不懂反應。

師兄說：「因為，你用自己的實力，

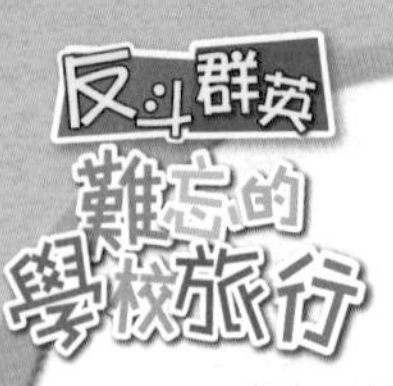

證明了你值得我們尊重！」

胡圖懷疑地問：「你們真的肯放過我嗎？我真的……畢業了？」

師兄用理所當然的聲音說：「我們每個人一開始進入這家學校，也經過了你這個艱苦磨煉的過程啊！這是本校的傳統，你明白嗎？」

胡圖知道自己總算脫離險境，他本來也可以一聲不響。但他還是鼓起了勇氣，替下一位「受害者」說話：

「我不相信這是學校的傳統，只是不知哪個笨蛋發明的以大欺小的遊戲吧了！誰會愛把自己不情不願去做的事，加諸於別人身上？」

四個師兄們面面相覷，各人沉默一刻，最高大的六年級生代表大家回答：「好的，我們會好好思考一下你的話。」

夏桑菊聽完胡圖的故事，不禁讚嘆一聲：「你真的很厲害，面對一群中學生居然不怯場，擋出一球關鍵的十二碼，太難得了！」

「只是幸運呀。」胡圖挖苦自己一下，「當然，師兄們對我的『特訓』也是功不可沒吧。」

夏桑菊拍拍胸膛鬆口氣：「剛才收到你的信息，真的給你嚇一跳。」

「其實，我也給你們學校的學生嚇一跳。」胡圖看了看夏桑菊胸前的校章說：「那幾個來挑戰的中學生，就是讀群英中學的啊。」

夏桑菊驚訝又生氣，從兩管鼻孔噴氣說！群英小學和群英中學兩個校舍近在隔壁，怎說也是同根生啊。他失望的說：「我

們的學校在搞甚麼啊？中學的成績固然比不上別家學校。就連本校的中學生鬥波居然也輸給小學生，也太沒面子了吧？」

胡圖哈哈大笑，他說：「真沒想過，群英的學生們那麼好勇鬥狠，這不禁令我擔心，我姐姐在新學校裏，過得還好嗎？」

雖然，胡圖問得輕描淡寫的，但夏桑菊就是感受到了，這個做弟弟的，對姐姐也不是漠不關心。

所以，夏桑菊倒是老老實實地說：「她過得不是很好啊！」

胡圖驚訝地望着夏桑菊。

夏桑菊告訴他：「你轉去了一所陌生的學校，正好也遇上了被排斥和給欺負，更有可能陷入沒一個朋友的孤立無援，你怎麼認為你姐姐不會遇上同樣的情況？」

胡圖內疚地說：「是的，我該令她受了不少苦了。」

夏桑菊想起一件事，不由得問胡圖一個問題：「你知道，你姐姐名字的由來嗎？」

胡圖茫然地搖了搖頭，他真的不知道。

晚上的時候，胡凱兒替全家人準備晚飯，等到麵包店八時關門後，爸爸回家來了，全家人便一起吃飯。

飯後，為了讓工作辛苦的父母好好休息，胡凱兒又去洗碗了。自從姊姊去了寄宿學校就讀，打掃、煮飯和洗碗等的家務全落到她身上。面對着**堆積如山**的碗碟，她只能無奈地**繼續幹活**吧。

這時候，胡圖走進廚房內，胡凱兒滿以為他只是來斟一杯水，便會回房間繼續打電動。沒想到的他卻走到她身邊，拉起了衣袖，拿起百潔布就跟她一起洗碗。

胡凱兒給這個弟弟嚇壞了，她甚至要側着頭好好看他一眼，確認他不是誰人在**假扮**。

反斗群英
難忘的學校旅行

胡圖也看姐姐一眼，他的神情有點尷尬地問：「怎麼啦，我不可以洗碗嗎？」

也不是不可以，但弟弟是家中的大少爺，她從未見過弟弟做過家務，甚至連想也沒想過，這太古怪了！

她忍不住笑問：「你是良心發現嗎？」

胡圖沒好氣地否認了：「跟良心無關，我有的是空閒，總得找些無聊事做啊！」

其實，又怎會與良心發現無關呢？

他記起，這天下午在球場看台前，夏桑菊告訴他，他姐姐「凱兒」名字的由來，胡圖想也沒想過，姐姐的名字竟與他有關。

胡圖請求着説：「還有甚麼姐姐的事跟我有關的，你也可以告訴我嗎？」

夏桑菊看看渴求真相的胡圖，他嘆口氣，把自己所知的一口氣説完：

「在你姐姐的生活裏，全部都是你不要的東西。就像那一部你嫌熒幕不夠大而不再用的平板電腦，她每天都帶着；就像你父親從店裏拿回家賣剩了的麵包，由於你不肯帶回校吃，所以她都全吃了，吃到肚子痛；就像你母親買給你一套套圖文並茂的《西遊記》、《格林童話》等，你半頁也沒看，她卻把全書啃完了；就像你上了一堂已不肯再去

的柔道堂，她就代替你去了，然後，她用了柔道的技巧，融會貫通的也曉得了拗手瓜，還擊敗了全班最孔武有力的壞男生！」

「我從不知道有這些事。」胡圖呆了好半晌，神情無奈地看夏 桑菊一眼：「我姐姐真的把你視作好朋友了吧，甚麼也告訴你。」

「這很正常，有哪個姐姐希望在弟弟面前示弱的呢，不是嗎？」

胡圖想一想，此話沒有不對。他這個做弟弟的也一樣，在學校給欺負，他也不想跟姐姐分享。

夏桑菊告訴他：「是的，你姐姐不是那種甚麼也發作的人，有很多心事都藏進心裏去了，但也由於這樣，她的性格變得愈來愈**抑鬱不歡**。身為弟弟，你也有責任對她好一點。」

胡圖心裏一陣感觸，他點一下頭說：「我一直不覺得自己對她有甚麼不好的地方，但現在我知道有何問題了。」

胡凱兒和胡圖肩並肩的洗碗抹碗，時間加快了一倍，一大堆油膩的碗碟，瞬間變得**光潔如新**。

首次幫忙做家務的胡圖，終於發覺自己有點用處，他突然記起來說：「咦，還有一件事。」

「甚麼？」

「我答應你啦，我會用功一點，希望不用每年也轉校一次，讓你像**游牧民族**似的走來走去啦。」

到底發生甚麼事，令弟弟改變了呢？胡凱兒隱約覺得與夏桑菊有關，但又不敢求證。

雖然，胡圖說得**輕鬆隨意**，但胡凱兒卻知道那是一個小小

的承諾，她心裏不由得生出一份感動。

但當然，她不是個愛把所有感受放在臉上的姐姐，所以只是翻翻白眼，用懷疑的語氣說：「是真是假啊？我只能相信你一半！」

「太感動了！你起碼有一半相信我，比起我估計要多得多了！我滿以為你信我一成，也害怕會雙目失明啊！」

「哎啊，我買定拐杖好了！」

「我替你養一頭導盲犬囉！」

二人就是這樣笑着吵鬧，但胡凱兒卻是首次感覺到，兩姐弟之間真正有了情感交流哩。

連線遊戲

請把粉紅色的數字順序連線，
完成後可以填上顏色。

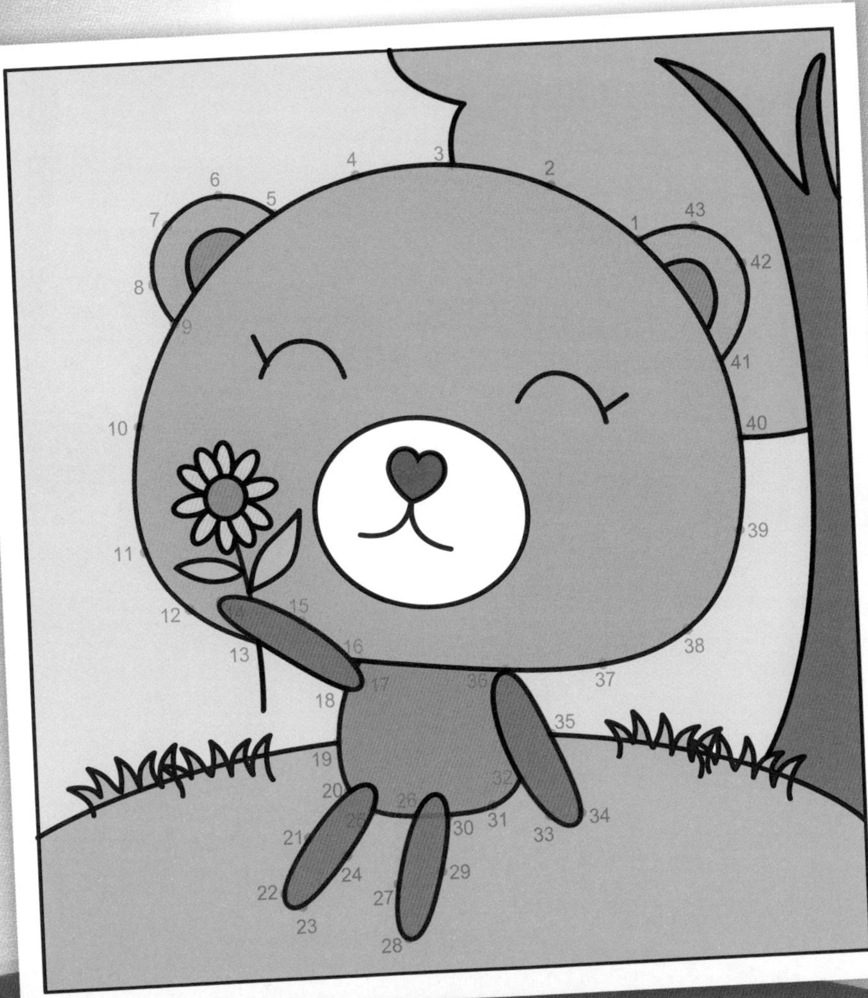

數一數

留意以下圖片，數一數草地上有多少隻「乳牛」。

反斗群英 5 預告

身為 Youtube 主播的 KOL，準備拍一段主題是「我的同學都是大明星」的影片，讓小三戊班同學展露明星特質，到底誰的表演會最棒，順利當上大明星呢？

當大夥兒也出盡渾身解數，表現自己才藝的同時，原來，這場表演背後竟涉及了一個驚心動魄的陰謀！全班最聰明的黃予思即將要把謎團解開……

書　　名　反斗群英4：難忘的學校旅行
作　　者　梁望峯
插　　圖　安多尼各
責任編輯　王穎嫻
美術編輯　郭志民
協　　力　林碧琪　Key
出　　版　小天地出版社（天地圖書附屬公司）
香港黃竹坑道46號新興工業大廈11樓（總寫字樓）
電話：2528 3671　　傳真：2865 2609
香港灣仔莊士敦道30號地庫（門市部）
電話：2865 0708　　傳真：2861 1541
印　　刷　亨泰印刷有限公司
柴灣利眾街德景工業大廈10字樓
電話：2896 3687　　傳真：2558 1902
發　　行　香港聯合書刊物流有限公司
香港新界荃灣德士古道220-248號荃灣工業中心16樓
電話：2150 2100　　傳真：2407 3062
出版日期　2022年2月初版・香港

ISBN：978-988-75858-9-3